이름의 고고학

이름의 고고학

—

초판 1쇄 2015년 11월 2일
지은이 이송희
펴낸이 김영재
펴낸곳 책만드는집

—

주소 서울 마포구 양화로3길 99 4층 (04022)
전화 3142-1585·6
팩스 336-8908
전자우편 chaekjip@naver.com
출판등록 1994년 1월 13일 제10-927호
ⓒ 이송희, 2015

* 이 시집은 2013 아르코 문학창작기금을 받아 출판되었습니다.

—

ISBN 978-89-7944-550-3 (04810)
ISBN 978-89-7944-354-7 (세트)

책 만 드 는 집
시인선 073

이름의 고고학

이
송
희 시
집

책만드는집

치사량의 햇볕이 알약처럼 쏟아지던
그 여름이 지나고 가을이 되어도 나는
나를 죽이지 않고 살아 있었다.
숨 쉬고 있었다. 놀랍게도.

약하게 보이는 유리는 깨지면
날카로운 칼날이 되는데
나는 나를 온전히 간직하지도, 깨뜨리지도 못한 채
여름을 보냈다.

가슴에서 문득 먼지가 만져진다.
너라는 이름, 아니
나라는 이름의 고고학 같은…….

—2015년 가을 무등산 자락에서
이송희

| 차례 |

2부   눈먼 자들의 도시

3부 현대인의 화법

4부   모래의 시간

5부   잃어버린 시간을 찾아서

1부

오월, 비에 갇히다

이장 移葬

그녀가 떠난 지도 십여 년이 되었다

삼십 년 전 오월에 막내아들 잃고서도

날마다 서러운 배에 울음을 채웠던 그녀

십여 년 살아왔던 그녀 집을 옮긴다

관 뚜껑의 저승을 열었다가 닫을 때

십 년간 웅크린 햇볕이 그녀에게 내리쬔다

뼈만 남은 그녀가 이빨 보여 웃다가

덜 아픈 방향으로 일어서서 걸어간다

벗어둔 그림자 속에 가을바람 향긋하다

518번 버스를 타고

518번 버스 타고 망월묘역 가는 길

한 번도 만난 적 없는 그 이름들 떠올리며

몇 번을 지나갔을까, 이 아득한 길들을

금남로4가 지나서 옛 도청을 돌아 나오자

충장축제 갓길에 걸린 80년대 간판들

아직도 보내지 못한 녹슨 사랑 덜컹인다

책장 속을 파고들며 그날을 기억하겠다고

부끄러운 시 한 줄로 그들을 위로하겠다고

헐벗은 목숨을 나눈 별빛들이 반짝인다

익명의 댓글 속에서 피 흘리는 너를 위해

혀 없는 검은 말들이 내지르는 비명을 위해

겹겹의 울음을 덮고 밤이슬이 내린다

이명耳鳴

그녀는 문밖에서 오래오래 울었다

군홧발에 짓이겨져 허무하게 떠난 뒤에도

매일 밤 나를 부르며 창문을 두드렸다

벚꽃 피고 잎 돋아 무성하던 오월은

비구름에 갇혀서 한낮에도 어두웠다

몇 마리 이름 없는 새들이 처마 밑에 숨었다

그녀의 울음들은 노래가 되었을까

우묵한 둥지를 떠나 돌아오지 않는 사랑

망월望月의 침묵 속에서 말문마저 닫은 사랑

오월, 비에 갇히다

투명한 창살에 야윈 몸이 갇힌다

나무도 건물도 모두 비에 갇힌 채

차디찬 담장 너머엔 겁에 질린 눈빛들

빗속을 비집고 면회 오는 어머니

그녀의 목덜미를 끌어안지 못하고

온종일 비를 맞은 채 봉분에 갇힌 사랑

그들이 온다

텔레비전 속에서 걸어 나온 그녀가

열세 살 짓밟힌 꿈, 가슴에서 꺼낸다

위안소 천막 들추던 붉은 숨의 증언들

입안에 오물들을 쑤셔 넣던 그들이 온다

뱀처럼 엉겨 붙어 독기를 뿜어대며

꽃다운 몸과 다리에 성냥불을 긋던 그들

목 잘린 코스모스, 검은 피가 흘렀다

온몸에 대못이 박힌 언니들이 떠나가고

찢어진 자궁 속으로 숨어들던 울음들

폭우가 지나간 후 묻혀버린 목소리

불 꺼진 방 안에서 홀로 울던 세월 속에

밤마다 눈 감으면 온다, 목 조이던 짐승들이

설화 舌話

골방에 웅크린 채 화석이 되었는가
입속을 맴돌다가 굳어버린 붉은 혀
침묵은 그해 오월을
송두리째 가뒀다

금이 간 거울 속에 살아나는 그날 오후
군화에 짓밟히던 어린 새의 날갯죽지
이제는 기억 저편에
둥지를 틀었는가

탄알처럼 금남로에 쏟아지는 빗방울들
찢어진 입가에 번진 서글픈 웃음이
아직도 빛을 잃은 채
앙상하게 떨고 있다

가위

오려진 몸에서 붉은 피가 흐른다

청계천을 물들이며 촛불로 타오르던

무참히 잘린 혀들이

비명마저 삼킨다

빙하기 1

목이 쉰 바람이 창틀을 흔들 때면 찢어진 창호지 속 새우잠을 자던 밤 어둠이 시린 발목으로 문지방을 넘어왔다

온종일 방 안에는 외풍이 쏘다니고 이불을 덮어쓴 엄마의 기침 소리가 고장 난 라디오처럼 잡음으로 들끓었다

얼어붙은 수도꼭지는 울음조차 얼어붙어 저만치 등 돌리고 멀어져 간 사람들 혀끝에 매달린 슬픔을 꾹꾹 눌러 삼켰다

수십 장 이력서가 구겨지는 동안에도 계절은 바뀌고 꽃들이 피었다 지고 바닥에 쓰러져 우는 싸락눈이 내렸다

빙하기 2
− 철탑에서 투쟁하는 한진중공업 노동자

벼랑 끝 나무처럼 그들이 서 있다
밑창이 다 닳아진 운동화 같은 날들
몇 달째
철탑 위에 쓰는
간절한 문장들

퓨즈가 나가버려 캄캄한 세상 끝에
간신히 매달려서 외치던 목소리
당신이
버리고 간 곳에
조각조각 부서지던

작업장 모서리에 부딪친 절망과
으깨진 심장들이 눈보라에 휘감긴다
오늘도
희망버스 타고
빙산을 오른다

무등無等의 시

천 개의 심장 속에서 두근거리던 사랑아

아직도 내 안에는 풀들이 무성하다

뽑아도 뽑히지 않는 그 질긴 울음의 뿌리

기억은 지친 발로 산기슭에 내려갔나

떠나간 발자국 위로 빗발은 더 굵어져

귓가에 맴돌던 사랑, 내간체로 읽는 저녁

문득

아들의 생일날에 미역국을 끓여놓고

교과서보다 만화책을 좋아했던 아들을, 공부보다 게임을 좋아했던 아들을, 밥 먹는 시간 대신에 자겠다는 아들을, 대학 안 가고 돈 벌겠다는 아들을, 바닷속의 아들을 가슴에 묻은 아들을, 비 오는 밤바다에서 엄마를 기다리는 아들을

이제는 보내야 하는
눈 붉힌 노을이 된

비의 문장

바다는 오늘 밤도 온몸을 뒤척인다

닳아진 운동화 뒤축을 만질 때마다 쓰다 만 공책 한 권
을 넘겨 볼 때마다 먼지만 쌓여 있는 빈 책상을 볼 때마
다 책상 옆에 홀로 놓인 책가방을 볼 때마다 흘러간 유행
가처럼 잊힐까 두려운 이름, 그 이름 부르며 뜬눈으로 지
새우던 밤, 부끄러운 세상에 갇힌 그 붉은 울음을

가만히 끌어안으며 팽목항을 적시는 비

무등산에 서다

장불재 새인봉 지나 서석대 가는 길
말라붙은 주먹밥인가 조팝꽃이 흩어져
아직도 불타는 도청
충혈된 노을의 눈

물기 젖은 사연들 받아 적던 저녁이면
서러움 목울대로 차오르는 빛고을
뚫어진 구멍구멍마다
울음 새는 피리 같은

그 오랜 울음 참고 몸 비틀던 굴참나무
베어진 그루터기에 바람이 앉을 때면
한목숨 감싸 안은 산
진달래를 피워낸다

의자

온몸에 찰과상 입은 당신을 데리러 간다
몇 날 며칠 비를 맞고 혼잣말로 지새웠을
불 꺼진 옥탑방 안에
조용히 늙어가던

수만 걸음 디뎠으나 한 곳만 내딛던 삶
삐걱삐걱 울던 사랑
뒤틀리던 추억들
등 뒤로 삼킨 말들이
물혹처럼 부푼다

엉덩이와 허리를 조심스레 들어 올리면
다리뼈를 감싸던 천, 현고학생 부군신위
입관入棺의 서늘한 이마에
붙여진 딱지 하나

벽의 시간

벽은 점점 높아진다
광장을 메우는 벽돌

벽 너머엔 초조한
목소리와 눈빛들

우리는
벽에 갇혀서
또 하나의 벽이 된다

2부
눈먼 자들의 도시

대출 됩니다

수수료 없는 대출, 무이자 주부 환영

고객님은 칠백만 원 가승인 상태입니다 연예인 광고
보셨죠? 그 사람도 대출했어요 아파트가 없다고요? 목숨
도 담보 됩니다 고민하지 마세요, 신체 포기 각서 있잖아
요 묻지도 따지지도 않고 누구든 대출합니다 분윗값이
없다고요? 아기도 담보 됩니다

당신의 유전자까지 뭐든지 담보 됩니다

놀부보쌈

강남의 땅덩어리 한입에 보쌈하지

여기가 내 땅인가 저기가 내 땅인가 재개발 주택가가
절임 배추로 누워 있지 비닐 싸인 배추에서 소문들을 꺼
내면서 돈 많은 아비에게 물려받은 버릇은, 배추에 넣을
속을 돈으로 밀어 넣기 배춧속 넣으면서 노란 배추 뜯어
먹고 김치통 가득가득 돈다발을 채운다 아파트값 올리
고 양도소득세 내려라 재테크와 세稅테크를 알맞게 버무
려야지 대한민국 1퍼센트 놀부보쌈 아느냐 온갖 채소 양
념들은 보쌈을 위한 시녀일 뿐, 눈멀고 귀 멀어서 원시遠
視만 깊어지나

먹어도 허기진 하루가 고봉처럼 쌓인다

하버드 양념치킨

주문을 받습니다 언제든 전화 주세요
스카이를 꿈꾸시는 분들의 심정을
익히고 잘 버무려서 주문 제작 해드립니다

닭들도 원래는 하늘을 날았죠?
원하시면 바삭바삭 튀겨도 드립니다
최고의 주방장들이 최고만 고집합니다

해마다 물가만큼 치솟는 학력 편차에
날개를 파닥이다 주저앉은 시간들이
비법을 개발하는 데 디딤돌이 되었죠

더불어 각 부위별 주문도 가능합니다
최고의 명문名門에서 양념옷을 입고서
하늘을 날고 싶은 분들은 지금 바로 전화 주세요

눈먼 자들의 도시*

강남의 도심 속에 눈먼 자들이 살고 있지

관습적인 악수와 함께 명함을 내밀면서 보이지 않는 손들은 나의 눈을 가렸지 귀와 입을 틀어막고 여린 목을 졸랐지 옆집 세 든 여자가 주검으로 발견되던 날 가까이 다가갈수록 체감온도가 낮아졌지 체온을 느낄 수 없는 언어로 세워진 건물, 그 안에 갇힌 자들이 파업 현장 뒹굴다 눈먼 자들 앞에서 눈먼 자가 되어가는 곳, 눈도 비도 오지 않는 평온한 기후의 나라

파랗게 날 선 유리창, 햇살도 눈이 멀지

---

* 주제 사라마구의 소설 제목.

골목

골목은 저녁부터 잠이 들어 있었다
비좁은 담장 사이로 드러누운 좌판들
바람만 기웃거리며 적막을 흥정할 뿐

점포 정리 현수막이 흘러내린 나무 아래
웅크렸던 어둠이 등뼈를 드러내고
고양이 울음소리만 담벼락을 넘었다

대형마트 광고지가 흩날리는 이 골목
중년의 고갯길에서 뚝 끊긴 길들이
눈과 귀 틀어막은 채 숨통을 조였다

습기 찬 하루해가 벽지처럼 떨어질 때
굽어진 문짝들도 서서히 눈을 감고
가슴의 생채기마다 어둠만이 깔린다

PM. 11:00

사무실 창밖은 까맣게 잠들었다

서류함 속에서 접히고 구겨진 사내, 접어진 마디마다 바람 소리 자욱하다 심장이 터질 듯이 하드는 돌아가고 쏟아지는 기획서에 온몸이 짓눌린 사내, 컴퓨터 창 화면엔 청천벽력의 인사 발령들, 목 잘린 꽃들이 비에 젖은 이 밤에…… 몇 곱절 서류 더미에 오늘도 눌린 사내, 주름진 길 너머엔 아내와 두 딸들, 푹 꺼진 눈동자에 스르르 감기는 달

메마른 시간 속으로 터벅터벅 걷는 사내

춘향의 비밀

신인 가수 춘향이 변 사장에게 불려 가네

암행어사 이 도령을 기다리다 다 늙겠네 턱 깎고 코 세
우고 사랑가를 열창하네 단막극의 주연이 된 신인 배우
추월이 봐라 휘모리장단에 맞춰서 덩실덩실 춤을 추네
거품 많은 말들로 채워진 맥주잔을 밤새워 기울이며 팔
자 한번 고쳐보자 온다던 이몽룡도 다른 여자 꿰찼겠지
감춰진 엑스파일만 뒷골목을 돌고 도네

옥중에 갇힌 날들이 어둠 속에 묻히네

죽은 시인의 사회

친구 시인의 장례식장에 화환 대신 조의금 대신 한바
탕 걸쭉하게 방바닥 치며 울고 난 후 소주에 육개장 먹는
시인이 진짜다

마지막 가는 길을 슬퍼할 게 무어 있나 애도하는 문장
대신 썩을 놈 잘 갔지 한두 개 사리처럼 내린 우박을 맞
는 시인

풍자의 긴 가락에 춤을 추던 시인이 걸쭉하게 풀어내
던 지난날의 사설들 남겨진 시인은 이제 어느 벽에 기대
토할까

부끄러운 눈과 귀가 보고 듣는 거리엔 수만 권의 시들
이 서정을 흥정하고 강남의 빌딩 숲에서 꼼꼼하게 돈을
세는데

말죽거리 잔혹사*

몽당연필 심지처럼 닳아진 꽃봉오리
철봉에 매달려서 숨 가쁜 시간들이
학교의 담장 안에서
조용히 사라졌다

뒷골목을 껄렁이던 바람의 발길질에
주머니가 털리고 신발마저 빼앗기고
온몸을 두들겨 맞은
또 하루가 멍이 든다

잘라진 낙지 발처럼 꿈틀대던 여린 꿈들
단문의 문자 몇 개 유서로 남긴 채
스스로 길을 버린다,
그림자를 포갠다

* 2004년 제작된 유하 감독의 영화 제목.

악어

늪 속에 웅크린 채 누 떼를 기다렸다
아마존 깊은 곳에 복병처럼 숨어서
늪 속에 발을 헛디딘
작고 여린 놈들을

진흙에 발이 빠진 슬픔을 어루만지며
아가리를 벌려서
신음까지 삼킨다
위장을 가득 채우는
침묵이 번지는 소리

입안 가득 박혀 있는
언어의 찌꺼기들
벌어진 이빨 사이에 악어새가 둥지 틀고
살점 낀 시의 행간들, 햇살에 말린다

쉬잇, 또 한 마리 새끼 누가 다가온다

매복을 알면서도 다가오는 넌 누구냐?
아가리 굳게 다문 채
침묵을 지키는 늪

노을의 귀가 1

사립대학 등록금 고지서가 날아왔다 치통 같은 노을이 번져가는 저녁이면 매일 밤 이를 악물고 알바를 뛰었다

몇 장의 이력서 간신히 밀어 넣고 터벅터벅 걷는 골목, 내 안의 어디에서 안 잠긴 수도꼭지처럼 그렁그렁 물이 샌다

원룸촌 찬 바람이 나를 자꾸 밀어낸다 좁고 빈 방 안에 길들여진 사람들이 저마다 몸 웅크리며 새우잠을 자고 있다

아무리 기다려도 전화는 오지 않고 학교로 가는 길도 보이지 않은 하루, 어둠의 거대한 식욕이 골목길을 삼킨다

마감 뉴스

빚더미에 깔려서 납작해진 남자와 여자

바람의 목소리가 웅성대는 겨울 저녁, 얼어붙은 길목
에 앉아 붕어빵을 굽고 있다 납작해진 시간 속에서 익어
가는 한숨 소리 여자의 얼굴이 바삭하게 구워진다 그 까
만 심장 하나가 터벅터벅 걸어온 길, 비좁은 골목으로 차
곡차곡 밤은 쌓여 발목이 푹푹 빠지고 휘청거리는 남자
와 여자

싸늘한 지붕 아래서 밤새 눈을 맞고 있다

마우스

대출 광고 앞에서 너는 늘 서성였다

연체이자 사이에 갇혀버린 발자국

어둠을 갉아내면서

긴 꼬리를 감췄다

내려앉은 지붕 위로

독촉하듯 눈 쌓인다

캄캄한 모니터가

싸늘하게 웃는 밤

모든 길 지워진 겨울

덫에 걸린 하루가 간다

중독의 시간

검색창 여는 순간 당신은 거기 없다

늘씬한 그녀들이 먹고 입고 마시는 창

톡 쏘는 당신 입맛에

나는 벌써 길들었다

겹겹의 문지방엔 다녀간 발자국들

누군가의 흔적 따라 위치를 추적하고

오늘도 낯선 그림자

창문 밖에 서성인다

이방인 K
─카프카의 성城

소복이 내린 눈이 길을 죄다 지웠다
안개는 지붕을 덮고 창문들을 가렸다
성으로 가는 길목은
모두 닫혀 있을 뿐

허공에 뜬 성벽으로 이어지던 발자국
오르막 그 어디쯤에서 길은 끝내 멈추고
갈수록 멀어지는 성
눈보라만 쌓인 마음

희뿌연 유리창이 눈동자에 갇힌 아침
얼어붙은 귀를 열면 홀로 우는 바람 소리
거기서 길은 다시금
시작되고 있었다

3부
현대인의 화법

큐브

남자를 둘러싼 벽들이 질주한다 조금씩 벽을 밟고 절벽 위로 올라가다 간신히 매달린 손가락, 바짓가랑이 붙들고

남자들의 세상을 누군가가 돌린다 벽들이 숨통 죄고 소리마저 자를 때 찢어진 날갯죽지에 몰아치던 눈보라

비명처럼 벌어져 너덜거리는 모가지 잘려 나간 손과 발이 덜덜 떠는 겨울밤에 누군가 또 절벽 끝에서 작은 몸을 던진다

그루밍

그녀의 콧날은 갈수록 높아졌다
어제의 얼굴도 양에 차지 않았다
오뚝한 자존심으로 밀어 넣은 실리콘

앞트임을 한 눈으로 들여다본 거울 속엔
동그란 턱 선을 가진 그녀가 서 있다
볼수록 낯설기만 한 당신이란 이름의

잘 깎인 조각상들이 거울 밖으로 걸어 나온다
가슴에 부푼 희망을 품고 활짝 웃는 그녀들
늘씬한 포장도로엔 햇빛이 서늘하다

현대인의 화법

커피 한 잔 주문한다
아메리카노 나오셨어요

나보다 지체 높으신 커피를 마신다

와플도 나오셨습니다
공손한 목소리다

커피숍의 원목 의자는
나이테가 자란다

덜 마신 커피를 놓고 품위 있게 일어서면

드디어 난 화가가 된다
고갱님, 감사합니다

이중섭의 아이들*

배고픈 길 위에 밥알로 쌓인 모래

사막의 한가운데 기어가는 아이들

오래된 우물 같은 눈에
눈물조차 말라 있다

손톱 끝이 닳도록 땅을 파고 꿈을 파고

흙탕물 한 모금에 허기를 달래는 날

빈 배에 등가죽이 붙은
지평선을 바라본다

* 이중섭의 은지화(1950년대) 작품에서 차용.

오타 誤打

헛디딘 자리마다
깊은 멍이 들었다

계단을 오르내리며
주문처럼 외던 습관

열망의 꽃잎에 가려
보이지 않는 얼룩 하나

피아노가 있는 방

남자의 소리는 오래도록 닫혀 있었다

새들의 지저귐을
새장 속에 가둬둔 방

복도엔 긴 널빤지만
덜컹대고 있었다

남자의 손 마디마디, 매듭으로 핀 침묵

그 속에 갇혀서
그는 길을 잃었을까

누군가 부러진 길을 맨발로 걸어간다

오선지에 그리던 밤이
소복소복 쌓인다

추억을 두드리며 내리는 겨울비

손톱은 낮은음자리,
낮달로 돋아난다

안개주의보

새벽녘 안개는 골목을 빠져나와 그녀의 창문 앞에 불안하게 서성거렸다 질척한 시간에 깔린 눈물이 굳어간다

한 올 한 올 안개가 풀려 나간 자리마다 차바퀴에 짓이겨진 허벅지가 드러났다 울음이 빠져나간 뒤 말들은 식어갔다

안개의 이빨에 물린 고독한 영혼 하나가 조용히 수증기처럼 사라지던 그날 밤, 껌 같은 알리바이가 땅바닥에 달라붙었다

이어도

너무 오래 울었을까
내 안의 섬에 갇혀

바람의 거친 숨결 가슴에 닿을 때마다

안으로 문고리 채워
애써 눈을 감았다

썰물 끝에 앉은 꿈을 밤새 울며 따라가다

영혼의 벼랑 끝에
부리 닦는 새 한 마리

파도에 쓸린 시간이
쪼인 울음 읽고 있다

마우스를 클릭하다

그녀는 이틀째 말문을 걸어 잠갔다

도무지 알 수 없는 별들만 떠다니는

밤하늘, 낯선 벌판에

주저앉은 그림자

기억의 처소엔 잡초만 자라나고

웃음도 눈물도 안개 숲에 갇힌 밤

캄캄한 능선 아래로

사라져간 발자국

스팸 메일

먹구름이 몰려와 능선을 덮었어

어두워진 길 위로 검은 비가 내리고 어느새 얼굴이 까
맣게 질렸어 저편으로 사라진 당신을 불렀지만 목소리
는 사라지고 발은 자꾸 헛돌았어 대답 없는 문 앞에서 그
녀를 기다리던 길고 긴 밤들이 순식간에 지워졌어 그녀
를 기억하던 자음과 모음들 저장된 번호들과 표정들이
지워졌어 편백 숲의 노래는 어디로 갔을까 말들은 사라
지고 맴돌던 침묵 하나

전송된 메시지 속에서 우린 길을 잃었어

프란츠 카프카

안개 숲에 갇힌 밤,
성城은 어디 있을까

무성한 어둠 속에서 길을 찾아 헤매는 동안

흰 눈이 나를 지우고
길은 나를 버렸다

매서운 아버지의 눈초리를 뒤로하고

혼자서 책을 읽던
유년의 다락방

차디찬 바닥에 엎드려
몰래 쓰던 문장들

벌레 같은 아버지가 기어이 죽은 아침

호통치던 아버지의
목소리에 깨어 보니

거울엔 회초리처럼 아버지가 있었다

커서

호흡이 가빠진다
입술이 바짝 탄다

떨리는 눈썹 끝에
그렁그렁 맺힌 문장

창백한 저녁 무렵에
그림자가 지나간다

봄

바짝바짝 목이 탄다

목구멍이 칼칼하다

덜 녹은 심장에서 파릇파릇 돋아나는

미명微明의 소리 하나에

조용히 갇히고 싶다

글루미 선데이

여자의 휴일은 온통 검게 물들었다

몇 개의 빗방울이 유리창을 두드리자 시커먼 먼지처럼 번지는 버섯구름 몰려든 구름 속에서 자꾸 길을 놓치고 사랑을 놓치고 한없이 쓰디쓴 잔들을 기울이며 쓰던 편지, 사랑한다고 꺼내 보던 남편 사진 비틀거리다 또다시 길을 놓치고 사랑을 놓치고 비틀거리다 우울한 밤의 허물을 벗기며 들어선 집 안에 삐꺽이는 현관문이 그녀에게 대답한다

구멍 난 심장 속으로 주룩주룩 비가 샌다

부드러운 감옥

당신은 아주 느리게 내 몸을 열었다
당신의 주머니에서 빠져나온 지폐들이
하나둘 내 목과 귀에, 팔목에도 걸렸다

달콤한 혀를 내밀며 유혹하던 봄바람
바람의 허기를 달래느라 밤을 새우고
계절이 바뀔 때마다 열병은 깊어갔다

당신은 아주 느리게 내 몸을 가뒀다
그에게 갇히는 동안 그는 나를 떠났고
버려진 담배꽁초가 빗물에 젖는다

4부

모래의 시간

얼룩말의 행방

말들은 사라지고 얼룩만 남았다
한 떼의 얼룩말이 지나가고 난 자리
씻어도 지워지지 않는
얼룩무늬 문장들

고삐 없는 말들이 아무 데나 달려가서
순박한 눈빛을 한 양들에게 뒷발질하면
심장이 너덜거리며
낙엽처럼 나뒹군다

얼룩말에 밟혀서 부러지는 목소리
멀어지는 말발굽에 목숨 끊는 양 한 마리
목 잘린 얼룩말들이
또 저기 달려온다

불면의 시

지난봄 바다에 묻힌
수백 개의 이름들

까맣게 잊힌 채
파도에 쓸려 간 밤

저승도 뱃머리 돌려
먼 바다로 가고 있다

단종

청령포 하늘가가 시퍼렇게 멍들었다

검붉은 피 토하는 관풍헌*의 단풍잎들

열일곱 생의 이력이 폭우에 쓸려 온다

눈 감고 귀 닫고 바라본 유배의 길

나루터엔 배 한 척, 잠 못 들고 뒤척인다

유폐된 몽유도원엔 미망의 안개만 흘러

* 왕위를 찬탈당하고 노산군으로 강봉되어 청령포에 유배된 단종이 사약
을 받고 죽은 곳.

거울

노인의 입술이 새하얗게 얼어붙었다

삐쩍 마른 사내가 먼지를 닦아주자 차디찬 얼음장 같은 삶들이 만져졌다 마음의 공터에서 놀다 간 아들딸 못 잊을 이름들이 글자로 박혀 있고 균열된 작은 틈새로 찬 바람이 불어온다 깨어진 몸 들어 올려 리어카에 싣고서 사내는 노인과 함께 내리막길로 사라진다 수많은 노인들이 터벅터벅 걸어 나온다

주름진 얼굴 하나가 이빨 없이 웃고 있다

시든 꽃다발

얼어붙은 숨소리
침묵이 감도는 밤

바스러진 꽃 이파리 길 위에 누워 있다

밤새워 백발성성한
눈발들이 쌓인다

한밤의 독서

사건의 발단은 부모님의 불화였지만
가출한 시점은 언제인지 알 수 없다
바람이 그의 책장을 넘기고 있었을 뿐

수화기 저편으로 멀어지는 목소리
지난달 통화 내역에 이름도 지워진 채
교복의 땀 냄새만이 너의 모습 기억하나

담 넘어간 울음들이 이제야 들려온다
형광등 모서리에 까맣게 그을린 자리
밤새워 어두운 문장을 읽고 또 읽는다

모래의 시간

힘없이 빈 젖 빨다 돌무덤에 묻힌 아이
먼지 속에 흩날리던 울음들도 묻힐 때
엄마는 슬픔이 올 터진 옷
주섬주섬 꿰맨다

진흙을 씹으며 흙탕물을 삼킬 때마다
풍선처럼 부풀던 배와
맞붙은 검은 등
지평선, 아득한 경계에
목매다는 아이들

뼈만 남은 몸뚱이로 기어가다 멈춘 곳엔
버려진 꿈들이 파리 떼로 들끓는다
앙상한 갈비뼈 같은
바람이 후비는 땅

성삼문

한강대교 건너서 그대에게 가는 길

노을 진 거리에는 칼춤 추는 밤바람

갈가리 찢어진 문장

핏빛 속에 식어간다

촛불처럼 연약한

어린 임금 향한 마음

종묘宗廟와 사직社稷 앞에

엎드려 울던 소리

아직도 하늘 숲에는

먹구름만 가득하다

아바이순대

아바이마을* 너머에 선잠 들던 시간이 있다

실종된 뼈들은 판잣집에 눌려 있고

돼지의 대창 속에선

꼭꼭 채운 울음이 샌다

잃어버린 길들이 부둣가에 닿기를

북녘을 적시던 꿈, 밀물에 휩쓸릴 때

해변에 쌓아둔 모래성

노을 따라 저문다

* 1·4후퇴 때 남하한 함경도 출신 이주민들의 집단 촌락. 강원도 속초에
  있음.

밥

희망식당 앞에는
긴 밥줄이 이어졌다

최저임금 봉투 속에 들어가는 한숨 소리

갈라진 손가락으로
노동의 시간을 센다

푸석한 밥알을 잇몸으로 씹을 때마다
잔뼈 많은 슬픔들이 목구멍에 걸렸다

먼저 간 아내 생각이 자꾸 길을 막았나

밥 안 먹인 괘종시계 태엽처럼 풀어져서
고봉의 나날 속에 새우처럼 구부리던

노인의 한 끼니 꿈이
혀끝에서 말라간다

갈피

훔쳐보지 말아요

오탈자의 문장들

잊을 만하면 되살아나는

티눈처럼 깊은 사랑

혼잣말,

접힌 말들에

딱지가 질 때까지

겨울 숲

폭설에 눌려서 주저앉은 지붕 아래
노모의 혼잣말이 저녁밥을 짓는다
혹여나 흩어질세라
눈물 꾹꾹 눌러 담고

삭정이 같은 다리, 칭칭 감는 바람과
세 평 남짓 방 안에 떠도는 안개들
더듬어 헤매던 날들에
진눈깨비 날린다

울음조차 잊어버린 전화통을 바라보는
주름진 눈망울에 하루해가 저문다
죽은 지 오래된 시계
담벼락이 무너진다

고장 난 첼로

남자의 목소리에 힘이 점점 풀렸다

새파란 입술에선
물기 잃은 문장들

덜 감긴 남자의 눈은
장작불을 바라보고

다시는 못 올 것 같은
그 낯선 길목에서

울음의 내력을 풀고
소리를 묻었다

가슴에
소리를 품은
새가 날고 있었다

컵, 깨어지다

어느새 빗방울이 몰아치고 있었지

껴안았던 시간들도 궤도를 벗어나자 그녀와 이별하던 그 길도 금이 가고 후드득 빗방울이 금 간 창에 쏟아졌어 빗길에 미끄러진 사고 소식이 보도되고 그녀의 손과 발이 파편으로 흩어졌어 반짝이는 눈망울 속 출렁이던 추억이 바닥에 떨어져서 산산조각 나버렸어 입안 가득 고인 핏물 삼킬 수가 없었어

깨어진 유리 조각에 눈물 고여 있었지

밤의 동행

어스름 골목길에

불 꺼진 가로등 하나

길고양이 울음이

담장 아래 웅크린다

오늘도

지친 그림자와

함께 걷는 골목길

5부
잃어버린 시간을 찾아서

이름의 고고학

널 만나고 오는 길에
네 이름을 지웠다

길들도 안개에 갇혀
제자리를 걷는 동안

여태껏 호명하지 못한
어둠들이 말 걸었다

내 것 아닌 이름을 땅속에 파묻는다

메마른 손길들이 묵은 사랑 발굴할 때

지층을 들추며 찾아낼
너라는 고고학을

소금 사막*

죽어서도 썩지 않는 사랑을 찾아서
이곳을 건너다 쓰러진 자들은
물에 떠 출렁거리는 얼굴 보며 울었을까

지평선 너머에서 건너온 흰 발자국
우기를 보낸 늙은 염부의 유언처럼 해가 떠
금 가고 깨진 날들을 온종일 내리쬔다

바닥을 긁어낼수록 멀어지던 슬픈 연대
거울에 갇힌 머나먼 우유니의 서쪽에서
물기를 다 잃은 후에 흰 뼈만 남은 사랑

* 볼리비아 포토시 주州의 우유니 서쪽 끝에 있는, 소금으로 뒤덮인 사막.

이태리 면사무소

면장님은 오늘도 긴 면발을 뽑는다

이태리 면민들의 무병장수 기원하며

천 년 전 실크로드의 시간들을 돌돌 만다

면사무소 책상 위에 민원들이 쌓일 때마다

몇 가닥 희망도 불려 반죽을 치대던 소리

면장님 파스타에 감겨 배가 부른 골목들

잃어버린 시간을 찾아서

가파른 골목길에 눈보라도 헉헉대고
등 굽은 집 한 채가 덩그러니 놓여 있다
팔순을 넘긴 노인이
남기고 간 눈 발자국

하늘과 가까운 집, 길들도 돌아눕고
관절 소리 삐꺼덕 하관하듯 누우면
후드득, 노인의 몸에
쏟아지는 흙 같은 별들

곰팡이가 먹어치운 차디찬 방 안에서
조용한 전화기만 물끄러미 바라보던
노인은 짐승처럼 웅크려
문살 긁다 잠든다

마음 한쪽 휑한 자리 바람이 들락거리고
참빗으로 남은 생을 곱게 곱게 빗질하던

다음 날 구급차가 와서
골목 앞에 멈춰 섰다

플루트를 부는 여자

그녀는 오늘도 침묵을 연주했다

침대에 가지런히 누워 있는 저 여자

사 년의 긴 시간에 갇혀
꿈속에서 우는 여자

햇빛마저 사라진 그녀의 방 안엔

먼지 낀 악보와 녹이 슨 음표들

저녁의 지평선으로
사라져간 목소리들

아득한 경계 너머엔 이제 길이 없을까

가지런한 머리카락, 머리핀만 빛나는 몸

아무도 없는 병실에
서서히 식어간다

그믐달

누구를 떠나보내고 그리 많이 야위었나

인적 드문 지붕 위에 달빛을 유산流産한 달

새하얀 그늘을 찾아 까맣게 타버린 심장

금 간 거울 밖으로 울음소리 새어 나갈 때

자궁 속을 빠져나간 아주 작은 인기척

스르르 눈가에 머문 검은 새 한 마리

오래된 만년필

닫혀버린 말문은 열리지 않았다

뜨거운 심장 속에서

타오르던 언어들

헤식은 사랑 하나에

조용히 갇힌다

봉인된 슬픔

구석에 비스듬히 기대앉은 첼로 하나
줄 끊긴 그녀는 말수가 줄었다

침묵의 모서리마다
거미줄 치는 시간들

가슴인 듯 벽을 뜯는
한숨 섞인 소리들이
방문을 잠그고
가는 길을 막았나
내 속을 튕기던 소리
문밖에서 맴돈다

불은 다 꺼지고
숨 막힌 방 안에서
그녀는 밤새 울었다, 서러운 혼잣말들
여전히 그녀의 몸엔
피가 돌지 않았다

노을의 귀가 2

어느덧 당신이 산등성이를 넘었네요

먹구름이 먼저 와 밥상에 앉았네요 배고픈 그리움에 나는 늘 젖지요 렌지에 바짝 굽다가 태워버린 시간들 마음이 다 눈도록 그리움을 젓다가 그을린 자국을 지우려 애를 많이 썼지요 여든의 밥상머리에 독백은 더 깊어지고 당신은 여느 때처럼 일찍 자리를 뜨는군요 언제쯤 노릇노릇 구워낸 말들을 꺼낼까요?

반쯤 탄 냄비 바닥에 얼룩이 된 눈물방울

아버지의 문

내 귓속 어디쯤에 문들이 열릴 때

어머니는 밤늦도록 그 문을 열어둔 채

문밖의 그가 오기를 쪼그리고 기다렸다

틀니가 맞지 않아 씹지 못한 밥알과

삐걱이던 문틈으로 새어 나오던 바람 소리

칠흑의 시간 속에서 문은 자꾸 덜컹거렸다

그해 겨울, 문들이 꽁꽁 입을 다물 때

덜 들어온 아버지가 문틈에 끼어 있었다

조용히 닫힌 문 밖에 찬 바람만 서 있었다

동행

불현듯 하늘로 간 남편의 빈자리
뻥 뚫린 천장에서 빗물이 흘러든다
혼자서 중얼거리는
빗소리를 다 듣는 밤

귓속 달팽이관에
흘러가는 목소리
달각달각 밥그릇을 긁고 있는 빗방울
바람에 뒤섞인 소리
베갯잇을 적시던

온종일 양파밭에서 빗소리 벗겨내며
일찍 온 추위에
여러 겹 껴입은 옷
눈 속에 매운 눈물이
별자리로 뜨는 여자

종이컵

출렁이는 내 마음이 당신께 보이진 않죠

나무의 그늘처럼 뿌리 내리고 싶었어요 진열장 속 어
둠은 더 두려운 시간이었죠 쓰레기통에 던져져 나뒹구
는 일회용들 구둣발에 짓밟히는 고통이 일그러져요 당
신의 입술 자국 당신은 기억하나요 비정규직 계약은 무
기한 연기되고 싸늘한 문장이 가는 목을 잘랐어요 목이
잘린 이들이 당신을 기다려요

얼룩져 구겨진 생애가 오늘도 말라가요

혀의 내력

산비탈 골목은 밤마다 비틀거렸다

아버지의 목소리가 술에 취해 갈라질 때면

빗장을 걸어 잠그고 온몸을 웅크렸다

그날 밤도 아버지는 엄마의 혀를 잘랐다

말들이 벗겨지고 침묵만 부풀어 올라

창밖엔 혀 깨문 달빛, 낯빛이 창백했다

목구멍 깊은 곳에서 아버지가 걸어 나올까

내 안에 꼭꼭 닫은 채 굳어버린 시간들

감옥에 갇힌 말들이 혓바늘로 돋는다

간절곶 편지

수평선에 걸리는 간절한 문장들

골 깊은 행간 위로 밀려가고 밀려들어

묵묵히 기다린 밤이 철썩이며 눈 뜬다

어둠 벽에 고이는 불빛 속에 길 있을까

너 있던 자리에 고요하게 머무는 말

또 한 번, 소망우체통에 너의 안부 묻는다

그릇

할머니는 나에게 그릇 하나 내주셨다

주름지고 거친 숨결 고스란히 새겨진,

이 빠진 그릇 속에서 나는 점점 커갔다

금 간 시간 틈새로 거세지는 겨울바람

그 추운 방 안에서 호호 불며 쓰던 일기

매일 밤 나를 지우며 또 나를 적었다

내 안에 그릇 하나 덩그러니 놓여 있다

두 손 모은 꿈들이 둥글게 휘감기는

바닥은 덜어낼수록 깊어지고 있었다

어둠의 벼랑 끝에 선 간절한 말들

고명철 **문학평론가 · 광운대 국문과 교수**

1. 이송희의 시적 상상력의 발원

이송희 시인의 시적 상상력의 발원지는 어디로부터 비롯된 것일까. 이번 시집을 음미하면서 좀처럼 잊히지 않고 자꾸만 눈에 밟히는 시가 있다.

할머니는 나에게 그릇 하나 내주셨다

주름지고 거친 숨결 고스란히 새겨진,

이 빠진 그릇 속에서 나는 점점 커갔다

금 간 시간 틈새로 거세지는 겨울바람

그 추운 방 안에서 호호 불며 쓰던 일기

매일 밤 나를 지우며 또 나를 적었다

내 안에 그릇 하나 덩그러니 놓여 있다

두 손 모은 꿈들이 둥글게 휘감기는

바닥은 덜어낼수록 깊어지고 있었다
　　　　　－「그릇」 전문

　얼핏 보면 이 시는 시적 화자 '나'의 성장 경험을 나지막이
들려주고 있는 평범한 시처럼 보이지만, 자세히 들여다보면
'나'의 이 성장 경험에서야말로 결코 예사롭지 않은 이송희

시인의 시작詩作의 비의秘儀가 비롯되고 있음을 알 수 있다. 할머니로부터 전해 받은 "주름지고 거친 숨결 고스란히 새겨진, // 이 빠진 그릇 속에서" 성장한 '나'에게 그 그릇은 오묘한 심상으로 다가온다. 시인은 할머니의 삶의 내력을 말없이 간직하고 있는 '이 빠진 그릇'을 더 이상 쓸모없는 것으로 간주한 채 폐기 처분하지 않고 오히려 그 그릇을, '나'를 성장시키는 세계로 전도시킨다. 우리는 이송희 시인에게 보이는 시적 긴장과 시적 새로움이 생성되는 상상력의 발원을 바로 여기서 만날 수 있다. 이 시에서 눈여겨보아야 할 것은 할머니의 '이 빠진 그릇'이, '나'를 성장시키고 갱생토록 하는 "매일 밤 나를 지우며 또 나를 적었"던 일기를 쓰는 '방'의 세계로 전도되었다는 것이고, 어느새 그 '방'의 세계는 '나'의 내면에 놓인 '그릇'으로 전도되었고, "내 안에 그릇"은 할머니의 곡절 많은 인생사로 이뤄진 두 손과 성장통을 겪으며 다양한 욕망을 품은 '나'의 두 손이 "모은 꿈들이 둥글게 휘감기는" 원융圓融의 형상 세계를 창조해내고 있다는 점이다. 따라서 이러한 형상 세계로 현현된 그릇의 바닥의 깊이는 헤아릴 수 없으며, 오히려 "덜어낼수록 깊어지"는 창조의 무한한 심연을 생성해냄으로써 시적 진실의 그 심오한 경지는 더욱 깊어질 것이다. 말하자면, 이송희 시인은 「그릇」에서 할머니로

표상되는 과거의 삶의 내력을 시적 주체의 성장과 갱신을 위한 삶의 내력으로 과감히 전도시키는 모험을 감행하면서, 과거와 현재의 시간을 원용하는 무한 창조의 세계, 곧 새로운 시적 진실이 끊임없이 궁리되는 자신만의 상상력의 발원을 벼리고 있는 셈이다.

그 과정에서 시인에게 간절한 것은 시적 진실을 품고 있는 말들이다. 비록 그 "말들이 벗겨지고 침묵만 부풀어 올라" "내 안에 꼭꼭 닫은 채 굳어버린 시간들 // 감옥에 갇힌 말들이 혓바늘로 돋"더라도(「혀의 내력」), 말들이 품은 진실을 위해 그 말들을 묻은 어둠의 사위 속으로 잠행해야 한다.

여태껏 호명하지 못한
어둠들이 말 걸었다

내 것 아닌 이름을 땅속에 파묻는다

메마른 손길들이 묵은 사랑 발굴할 때

지층을 들추며 찾아낼
너라는 고고학을

—「이름의 고고학」부분

　숱한 말들이 캄캄한 지층의 어둠 속에 오롯이 자리하고 있다. 아무도 그 정체와 진실을 알 수 없다. 하지만 우리는 '고고학'을 통해 그것들이 생생히 살아 있을 적 당당히 나름대로 그 구실을 떠맡은 것과 서로의 관계 속에서 속닥거렸을 내밀한 사랑의 몸짓이 품고 있는 간절한 진실에 다가갈 수 있다.

2. 역사의 봉인, 그것과 연루된 세계악世界惡에 대한 시적 응전

　먼저, 시인이 다가간 진실은 1980년 광주민주화항쟁에서 희생당한 원혼들과 마주하는 것으로부터 비롯한다. 그들의 말 못 할 진실의 울음을 온몸으로 들어야 한다. 그래서 무엇보다 시인이 간절히 해야 할 것은 "망월望月의 침묵 속에서 말문마저 닫은 사랑"(「이명耳鳴」)을 복원해내는 힘겨운 싸움을 멈추지 않는 것이다. 이를 위해서는 힘들지만, 망각을 자연스레 요구하면서 역사의 기념화를 통해 그날의 역사적 진실이 영원히 봉인되기를 원하는 것에 대한 시적 응전이 필요하다.

투명한 창살에 야윈 몸이 갇힌다

나무도 건물도 모두 비에 갇힌 채

차디찬 담장 너머엔 겁에 질린 눈빛들

빗속을 비집고 면회 오는 어머니

그녀의 목덜미를 끌어안지 못하고

온종일 비를 맞은 채 봉분에 갇힌 사랑
　　－「오월, 비에 갇히다」 전문

금이 간 거울 속에 살아나는 그날 오후
군화에 짓밟히던 어린 새의 날갯죽지
이제는 기억 저편에
둥지를 틀었는가

탄알처럼 금남로에 쏟아지는 빗방울들

찢어진 입가에 번진 서글픈 웃음이

아직도 빛을 잃은 채

앙상하게 떨고 있다

    －「설화舌話」부분

  우주의 모든 것들이 비에 갇혀 있다. "뽑아도 뽑히지 않는
그 질긴 울음의 뿌리"(「무등無等의 시」)에 착근한 "헐벗은 목
숨" "혀 없는 검은 말들이 내지르는 비명"(「518번 버스를 타
고」)이 1980년의 광주를, 그리고 이후 지금까지의 광주를 빗
속에 가둬놓고 있다. '빛고을光州'이라는 이름이 무색할 정도
로 광주에 아직 참다운 역사의 빛은 환하게 비치고 있지 않
다. 망월동 묘역에 묻힌 원혼이 그때, 그곳에서 목 놓아 절규
한 민주주의와 해방의 가치는 숱한 5월 영령의 한 맺힌 슬픔
의 눈물에 흩어지면서 "봉분에 갇힌 사랑"의 형식으로 "서글
픈 웃음"을 띤 채 "빗속을 비집고 면회 오는 어머니"를 맞이
한다. 여기서 우리는 1980년의 광주에 대한 이송희 시인의
심상을 헤아릴 수 있다. 그에게 광주는 여전히 갇힘과 감금,
봉쇄와 봉인, 침묵과 단절, 흩어짐과 찢어짐, 슬픔과 비통의
심상들로 채워진 곳이다. 물론 그동안 광주민주화항쟁에 대
한 역사적 가치의 복원과 희생자의 숭고함을 기리는 노력이

지속적으로 모색되면서 광주의 훼손된 역사성이 올바르게 자리매김된 측면이 없지는 않다. 하지만 기회가 있을 때마다 이 모든 움직임들에 대해 얼토당토않은 반역사적 퇴행을 저지르는 세력의 존재는 아직도 광주민주화항쟁의 역사적 진실을 규명하기 위한 가열한 노력을 더욱 추구할 것을 우리에게 요구한다.

이번 시집의 1부에 수록된 시편들은 이송희 시인이 시인으로서 이러한 역사적 책무를 성실히 수행하고 있음을 보여준다. 특히 그의 시에서 주목해야 할 것은, 희생을 당한 원혼을 살아남은 자들을 위협하는 공포의 대상으로 여기는 것이 아니라, 살아남은 자들이 그 맺힌 한과 슬픔을 진심으로 위로하고 애도함으로써 그들의 죽음이 역사에 결코 헛되지 않았다는 것을 당당히 드러내고 있다는 점이다. 가령 다음과 같은 시를 음미해보자.

십여 년 살아왔던 그녀 집을 옮긴다

관 뚜껑의 저승을 열었다가 닫을 때

십 년간 웅크린 햇볕이 그녀에게 내리쬔다

뼈만 남은 그녀가 이빨 보여 웃다가

덜 아픈 방향으로 일어서서 걸어간다

벗어둔 그림자 속에 가을바람 향긋하다
　　　　　　　　　　　　—「이장移葬」부분

　광주민주화항쟁에서 아들을 잃은 비통함을 안고 죽은 어머니의 무덤을 이장하는데, 이 광경을 응시하던 시적 주체는 환시幻視에 사로잡힌다. 죽은 영령英靈이 "웃다가 // 덜 아픈 방향으로 일어서서 걸어"가는 모습을 보는 것이다. 이장하는 영령의 웃음과 행보는 의미심장하다. 캄캄한 관 속에 갇혀 있던 영령은 그동안 광주의 역사적 진실이 얼마나 어렵게 밝혀지고 있는지, 그 숭고한 희생의 역사적 가치를 기리는 게 얼마나 지난한 일인지, 역사의 퇴행을 바로잡고 역사의 진취성을 벼리는 게 얼마나 소중한 일인지를 너무나 잘 알고 있으리라. 때문에 영령은 이 모든 과정이 모질고 힘들지만 이송희 시인처럼 젊은 세대가 망각하지 않고 그날의 진실을 기억하면서, 희생당한 원혼들의 넋을 위로하고 애도하는 일에 잠시나마 위안을 받는다. 무엇보다 이송희 시인의 광주의 영령에 대한 애도가 진실되고 미덥게 느껴지는 것은, 시인의 관심이 광주의 그것에 국한되는 게 아니고 우리가 역사와 현실 속에서 겪은 숱한 비참한 슬픔과 고통에 함께 아파하고 있기 때문이다.

> 목 잘린 코스모스, 검은 피가 흘렀다
>
> 온몸에 대못이 박힌 언니들이 떠나가고
>
> 찢어진 자궁 속으로 숨어들던 울음들
> ─「그들이 온다」부분
>
> 벼랑 끝 나무처럼 그들이 서 있다
> 밑창이 다 닳아진 운동화 같은 날들
> 몇 달째
> 철탑 위에 쓰는
> 간절한 문장들
>
> (중략)

작업장 모서리에 부딪친 절망과
으깨진 심장들이 눈보라에 휘감긴다
오늘도
희망버스 타고
빙산을 오른다
－「빙하기 2 － 철탑에서 투쟁하는 한진중공업 노동자」 부분

바다는 오늘 밤도 온몸을 뒤척인다

닳아진 운동화 뒤축을 만질 때마다 쓰다 만 공책 한 권
을 넘겨 볼 때마다 먼지만 쌓여 있는 빈 책상을 볼 때마다
책상 옆에 홀로 놓인 책가방을 볼 때마다 흘러간 유행가처
럼 잊힐까 두려운 이름, 그 이름 부르며 뜬눈으로 지새우
던 밤, 부끄러운 세상에 갇힌 그 붉은 울음을

가만히 끌어안으며 팽목항을 적시는 비
－「비의 문장」 전문

일제 식민주의의 지배 아래 일본군의 성욕을 만족시켜주
는 성 노예의 삶을 강제당한 위안부 할머니들의 끔찍한 기억

의 고통(「그들이 온다」), 개선될 여지가 좀처럼 보이지 않는 열악한 노동의 현실에 대한 생목숨을 건 고공 투쟁(「빙하기 2 – 철탑에서 투쟁하는 한진중공업 노동자」), 어른답지 않은 어른 이 만든 부끄러운 세상 때문에 차디찬 팽목항 앞바다에 속절 없이 수장당한 고등학생들의 비참함(「비의 문장」)은 모두 연 루돼 있다. 이 모든 것들은 역사의 분절 속에서 별도의 사건 들처럼 보이지만, 기실 우리의 역사와 현실을 구속하고 억압 했던 타락하고 뒤틀린 근대와 맞물린 세계악世界惡의 세목들 이다. 광주의 영령들이 애타게 추구한 것은 한국 사회에 누 적되어 곪을 대로 곪은 식민주의의 상처들을 극복하는 것이 며, 그것과 더불어 형성되고 있는 반민주주의·반민중에 기 반한 구조악構造惡과 행태악行態惡을 일소하는 것이다.

3. 우리 시대의 물화物化된 객관 세계에 대한 비판적 풍자

지금, 이곳의 세계악에 대한 이송희 시인의 비판적 풍자는 매섭고 신랄한데, 우리 시대가 얼마나 불안하고 암담한지 그 실상을 들여다보자.

사립대학 등록금 고지서가 날아왔다 치통 같은 노을이 번져가는 저녁이면 매일 밤 이를 악물고 알바를 뛰었다

몇 장의 이력서 간신히 밀어 넣고 터벅터벅 걷는 골목, 내 안의 어디에서 안 잠긴 수도꼭지처럼 그렁그렁 물이 샌다

(중략)

아무리 기다려도 전화는 오지 않고 학교로 가는 길도 보이지 않은 하루, 어둠의 거대한 식욕이 골목길을 삼킨다
　　—「노을의 귀가 1」 부분

서류함 속에서 접히고 구겨진 사내, 접어진 마디마다 바람 소리 자욱하다 심장이 터질 듯이 하드는 돌아가고 쏟아지는 기획서에 온몸이 짓눌린 사내, 컴퓨터 창 화면엔 청천벽력의 인사 발령들, 목 잘린 꽃들이 비에 젖은 이 밤에…… 몇 곱절 서류 더미에 오늘도 눌린 사내, 주름진 길 너머엔 아내와 두 딸들, 푹 꺼진 눈동자에 스르르 감기는 달
　　—「PM. 11 : 00」 부분

우리 시대의 젊은이들에게 취업은, 언제부터인지 약육강식의 정글로 변해버린 사회에서 생존을 연명하기 위한 절대 소명으로 자리 잡은 지 오래다. 대학생 대부분은 취업 전선에서 사투를 치르고 있다. 그런데 그토록 힘들게 취업의 관문을 통과한 후 맞닥뜨린 세계는 또 다른 정글이다. 정규직으로 입사한 사원들은 산적한 일 더미에 갇힌 채 구조조정의 파고波高 속에서 떠밀려 나지 않기 위해 전전긍긍하고, 비정규직으로 입사한 사원들은 그나마 얻은 일자리에서 해고당하지 않기 위해 비인간적 모멸과 멸시를 감내하면서 버틸 뿐이다. 이러한 직장 생활을 위해 우리 시대의 젊은이들은 꽃 같은 청춘을 소모하고 있다. 과연 인간으로서 꿈과 희망, 그리고 행복을 모색하기는커녕 단지 목숨을 연명해가는 것만을 유일한 목적으로 사는 삶이 정녕 우리 시대의 삶의 모습이란 말인가.

관습적인 악수와 함께 명함을 내밀면서 보이지 않는 손들은 나의 눈을 가렸지 귀와 입을 틀어막고 여린 목을 졸랐지 옆집 세 든 여자가 주검으로 발견되던 날 가까이 다가갈수록 체감온도가 낮아졌지 체온을 느낄 수 없는 언어로 세워진 건물, 그 안에 갇힌 자들이 파업 현장 뒹굴다 눈

먼 자들 앞에서 눈먼 자가 되어가는 곳, 눈도 비도 오지 않
는 평온한 기후의 나라
　ー「눈먼 자들의 도시」 부분

　서로 다른 존재들이 살고 있되, 그들은 서로의 존재와 타
자성에 도통 관심이 없다. 오직 자신의 생존만이 유일한 삶
의 목적이므로 자신을 제외한 타자들은 형식적 관계일 뿐 그
이상도 이하도 아니다. 따라서 자신의 바로 앞과 옆에서 죽
어가는 타자가 있다 하더라도 별다른 실감이 없다. 혹시 타
자의 삶과 죽음이 자신의 존재에 어떤 반향을 미친다면 모를
까, 그것은 타자에게만 유의미할 뿐, 다시 말해 자신에게 아
무런 반향도 미치지 않는다면 한갓 물화物化된 객관 세계일
따름이다.
　이렇듯 시인에게 비친 우리 시대의 현실은 무한 경쟁 속에
서 살아야 한다는 것이며 그 안에서 우리는 ‘우리’라고 호명
할 수 없는 각자의 형식적 관계만을 유지하고 사는 "벽에 갇
혀서 / 또 하나의 벽이 된다"(「벽의 시간」)는 것을 전적으로
수긍하는 삶을 산다. 그리고 이 벽에 갇힌 세계의 작동 원리
에 우리는 속수무책으로 살아가는 가운데, 돈이면 모든 것이
해결되고 돈의 가치가 최우선의 가치로 격상되는 세상에서

급기야 돈의 노예로 삶이 전락한다.

고객님은 칠백만 원 가승인 상태입니다 연예인 광고 보
셨죠? 그 사람도 대출했어요 아파트가 없다고요? 목숨도
담보 됩니다 고민하지 마세요, 신체 포기 각서 있잖아요
묻지도 따지지도 않고 누구든 대출합니다 분윗값이 없다
고요? 아기도 담보 됩니다
　　ㅡ「대출 됩니다」 부분

커피 한 잔 주문한다
아메리카노 나오셨어요

나보다 지체 높으신 커피를 마신다

(중략)

드디어 난 화가가 된다
고갱님, 감사합니다
　　ㅡ「현대인의 화법」 부분

이송희 시인의 우리 시대의 비판적 풍자를 보고 있으면, 이 풍자의 칼끝이 바로 우리 자신을 향하고 있다는 사실에 모골이 송연해진다. 자기풍자의 진수를 보여준다고 할까. 돈의 가공할 만한 위력을 광고의 패러디로써 실감한다. 빚을 지지 않고는 살 수 없는 사회, 돈을 대출받기 위해서는 담보의 조건을 고려하지 않는 사회, 돈이면 모든 것을 살 수 있는 사회, 그러니까 돈으로 교환되는 대상은 이제 돈의 가치가 없어지면서 돈의 활성活性을 띤 위력을 지닌 존경의 대상으로 둔갑한다. 심지어 그 둔갑의 대상은 예술의 가치로 치환되는데, 즉 '고객(客)'＋'님'＝'고갱(P. Gauguin, 19세기 말 프랑스 후기 인상파 화가)'＋'님'으로 자음접변 음운 현상을 통해 그 실체가 보란 듯이 전도되고 있다. 우리 시대 예술가의 존재성이 돈의 위력에 저당 잡히고 있는 것에 대한 자기풍자의 백미를 유감없이 보여준다.

「죽은 시인의 사회」는 바로 이러한 시적 전언을 드러내는 절창이 아닐 수 없다.

풍자의 긴 가락에 춤을 추던 시인이 걸쭉하게 풀어내던
지난날의 사설들 남겨진 시인은 이제 어느 벽에 기대 토
할까

부끄러운 눈과 귀가 보고 듣는 거리엔 수만 권의 시들
이 서정을 흥정하고 강남의 빌딩 숲에서 꼼꼼하게 돈을
세는데
　－「죽은 시인의 사회」 부분

친구 시인은 죽었다. 어쩌면 그 시인은 서정이 흥정되는
세상이 아닌 저 너머의 다른 세상에서 그 특유의 "풍자의 긴
가락에 춤을 추던" 자신을 갱신할지 알 수 없다. 도리어 이 돈
의 위력에 사로잡힌 세상에 살아야 할 시인을 위무하면서 말
이다. 그러고는 때때로 시마詩魔로 살아 있는 그 친구를 엄습
할지 모를 일이다. 죽은 시인의 사회에서 안간힘으로 버티
는, 서정을 흥정하지 않는 시인의 시심과 시흥을 돋우기 위
해서…….

4. 새로운 길을 나서기 위한 자발적 유폐

사실 이송희 시인이 진단하는 우리 시대의 자화상에 대한
비판적 풍자는 시인의 자기윤리가 보증되고 있기 때문에 계
몽의 속류학으로 떨어지고 있지 않다. 이송희 시인의 그것은

앞서 살펴본 것처럼 설익은 훈계와 타성에 젖은 계몽이 아니라 이러한 시대를 살고 있는 시인의 자기 자신에 대한 냉철한 성찰에 기반하고 있는바, 시인 스스로 적극적 유폐의 어떤 수행을 실천하는 것과 무관하지 않다.

바짝바짝 목이 탄다

목구멍이 칼칼하다

덜 녹은 심장에서 파릇파릇 돋아나는

미명微明의 소리 하나에

조용히 갇히고 싶다
―「봄」 전문

너무 오래 울었을까
내 안의 섬에 갇혀

(중략)

영혼의 벼랑 끝에
부리 닦는 새 한 마리

파도에 쓸린 시간이
쪼인 울음 읽고 있다
   −「이어도」 부분

　시인의 유폐는 모름지기 자기소외의 수행이다. 그가 "조용
히 갇히고 싶"은 것은 "내 안의 섬에 갇혀" "영혼의 벼랑 끝
에 / 부리 닦는 새 한 마리"와 자신을 동일시함으로써 실존의
윤리 감각을 확보하기 위해서다. 진정한 자신과 대면하려는
절실함의 끝에 있을 때 비로소 시인은 "미명微明의 소리"에
전율할 수 있는 것이다. 달리 말해, 자신의 전 존재를 세계에
기투企投하는 시인은 전설의 섬 '이어도'를 휩싸고 도는 "파
도에 쓸린 시간"의 태곳적 심오한 진실을 쪼는 '새 한 마리'
가 됨으로써 자신을 이루고 있는 '또 다른 세계'를 성찰할 수
있는 것이다. 그 '또 다른 세계'가 어떤 세계인지는 이송희 시
인만의 부단한 시적 정진이 보증할 수 있을 뿐이다. 왜냐하
면 시인은 천명天命으로 "가슴에 / 소리를 품은 / 새가 날고
있었"(「고장 난 첼로」)던바, 이 새의 울음과 날갯짓에 둔감하

지 않은 시인의 자기윤리를 절차탁마함으로써 아무도 좀처럼 보지 않으려고 하는 새로운 길을 나설 자기결단을 앙가슴에 품기 때문이다. 이것이 바로 어둠의 벼랑 끝에 선 이송희 시인의 간절한 말들의 소명召命이다.

　　희뿌연 유리창이 눈동자에 갇힌 아침
　　얼어붙은 귀를 열면 홀로 우는 바람 소리
　　거기서 길은 다시금
　　시작되고 있었다
　　-「이방인 K-카프카의 성城」 부분